從中二病至決定主義
是一種慣例行走

余學林 —— 著

【總序】
台灣詩學吹鼓吹詩人叢書出版緣起

蘇紹連

　　「台灣詩學季刊雜誌社」創辦於一九九二年十二月六日，這是台灣詩壇上一個歷史性的日子，這個日子開啟了台灣詩學時代的來臨。《台灣詩學季刊》在前後任社長向明和李瑞騰的帶領下，經歷了兩位主編白靈、蕭蕭，至二〇〇二年改版為《台灣詩學學刊》，由鄭慧如主編，以學術論文為主，附刊詩作。二〇〇三年六月十一日設立「吹鼓吹詩論壇」網站，從此，一個大型的詩論壇終於在台灣誕生了。二〇〇五年九月增加《台灣詩學・吹鼓吹詩論壇》刊物，由蘇紹連主編。《台灣詩學》以雙刊物形態創詩壇之舉，同時出版學術面的評論詩學，及以詩創作為主的刊物。

　　「吹鼓吹詩論壇」網站定位為新世代新勢力的網路詩社群，並以「詩腸鼓吹，吹響詩號，鼓動詩潮」十二字為論壇主旨，典出自於唐朝・馮贄《雲仙雜記・二、俗耳針砭，詩腸鼓吹》：「戴顒春日攜雙柑斗酒，人問何之，曰：『往聽黃鸝聲，此俗耳針砭，詩腸鼓吹，汝知之乎？』」因黃鸝之聲悅耳動聽，可以發人清思，激發詩興，詩興的激發必須砭去俗思，代以雅興。論壇的名稱「吹鼓吹」三字響亮，而且論壇主旨旗幟鮮明，立即驚動了網路詩界。

　　「吹鼓吹詩論壇」網站在台灣網路執詩界牛耳是不爭的事

實，詩的創作者或讀者們競相加入論壇為會員，除於論壇發表詩作、賞評回覆外，更有擔任版主者參與論壇版務的工作，一起推動論壇的輪子，繼續邁向更為寬廣的網路詩創作及交流場域。在這之中，有許多潛質優異的詩人逐漸浮現出來，他們的詩作散發耀眼的光芒，深受詩壇前輩們的矚目，諸如鯨向海、楊佳嫻、林德俊、陳思嫻、李長青、羅浩原、然靈、阿米、陳牧宏、羅毓嘉、林禹瑄……等人，都曾是「吹鼓吹詩論壇」的版主，他們現今已是能獨當一面的新世代頂尖詩人。

「吹鼓吹詩論壇」網站除了提供像是詩壇的「星光大道」或「超級偶像」發表平台，讓許多新人展現詩藝外，還把優秀詩作集結為「年度論壇詩選」於平面媒體刊登，以此留下珍貴的網路詩歷史資料。二〇〇九年起，更進一步訂立「台灣詩學吹鼓吹詩人叢書」方案，鼓勵在「吹鼓吹詩論壇」創作優異的詩人，出版其個人詩集，期與「台灣詩學」的宗旨「挖深織廣，詩寫台灣經驗；剖情析采，論說現代詩學」站在同一高度，留下創作的成果。此一方案幸得「秀威資訊科技有限公司」應允，而得以實現。今後，「台灣詩學季刊雜誌社」將戮力於此項方案的進行，每半年甄選一至三位台灣最優秀的新世代詩人出版詩集，以細水長流的方式，三年、五年，甚至十年之後，這套「詩人叢書」累計無數本詩集，將是台灣詩壇在二十一世紀中一套堅強而整齊的詩人叢書，也將見證台灣詩史上這段期間新世代詩人的成長及詩風的建立。

若此，我們的詩壇必然能夠再創現代詩的盛唐時代！讓我們殷切期待吧。

二〇一四年一月修訂

【推薦序】
一本名字很長
讀完卻流連忘返的詩集

羅拔

認識余學林博士十年，讀他的詩也十年了，他寫了很多很棒的散文、詩與故事，得了很多獎，他的《從中二病至決定主義是一種慣例行走》是我期待了十年的詩集，他太低調、謙虛，如同一位辛勤寡言農人細心栽種著一首首的好詩，因此我必得幫這本詩集高調。

讀學林的詩，像欣賞一齣齣精彩的電影，〈西邊的長詩〉散發著大衛林區（David Lynch）電影的超現實驚悚感、〈艾莉〉折射出安哲羅普羅斯（Theodoros Angelopoulos）作品的抒情優雅，〈當記憶一覺醒來的時候〉錯綜細膩又帶著黑色幽默、彷若一座由今敏打造的邏輯迷宮，〈五十年後誰來？〉創造出諾蘭（Christopher Nolan）式的視覺奇觀與時空轉換，每首作品皆獨特又迷人，令人一刷再刷。

學林精通三種語言，除母語中文外，他對日文與英文的靈活運用不亞於外籍詩人，是當今文壇少數能將三種語言信手捻來的奇才。我想這與他留學紐西蘭的背景、以及對於語言學習的熱忱有關。又，學生時期身處異鄉的疏離以及文化衝擊，想必帶給了他許多靈感。我獻給已故外婆的英文作品 "Goodbye isn't the last word you spoke" 即是請他翻譯成中文與日文，他的版本讀來情感

充沛、節奏鮮明，連身為原作者的我都自嘆弗如。

　　萬花筒般繽紛絢麗的《從中二病至決定主義是一種慣例行走》是詩壇巨作，一首首吸睛、迷人又耐人尋味的詩作，證明了學林是當今最博學、語言最細膩、詩風最多變的詩人之一。長達16字的詩集名稱恰恰好呼應了學林詩作的雋永，而我讀它的次數早已遠超過詩集名稱字數。這本名字很長讀完卻流連忘返的詩集，是每個人都該擁有一本的經典，若不熱賣，會是這個世界的損失。

2020/10/19　撰於三峽

【推薦序】
無尾熊的跳島征途
──函致學林，代序。

洪書勤

親愛的學林，

　　不得不坦言，就一個在明日報新聞台蓬勃發展時就已經初見你光芒，接著穿越了將近廿年，才又重新領略你低聲吟唱的舊友而言，重新觀察並見證你這樣的慣例行走──從中二病到決定主義──並不是件容易的事。彼時，你老成卻自顧自地閃耀著，像是一個名實未符的超新星，而那時還沒有維基百科，中二病也才剛開始經由伊集院光在日本TBS電視台「深夜の馬鹿力」節目中被發揚光大。若是以一種青春期中「經常自以為是地活在自己世界，或作出以自我滿足為目標的特別言行」的獨特價值觀來定義中二病，我覺得倒也不脫現實，這，不就是一個正常人開始以寫詩來認知並定義世界的過程之一嗎？（笑）

　　回想起來，當時必定是有莫可名狀的什麼觸發了你，讓你整個小宇宙開始了核融合，並延續至今。詩集中，最早的作品可追溯至2003年──我想起了自己渴望、但同時不認為有人能夠完整理解或體會自己的16歲，那時對世界所有的設問，過了將近30年，有些仍然無解。為了莫名的安全感，我們安心於自己擁有更多解決問題的能力，卻依然不斷自問那便足夠了嗎？於是有更多

的「如果」在生命中反覆出現──彷彿自我懷疑便是成就所有事件發生的要件──也毫不意外地，你詩集中的各輯，便是令人目不暇給的設問。

「如果」這個詞彙本身就是矛盾而悖於決定論的，我們無法想像任何一個以「如果」為開頭的設問，並不來自於自由意志的展現；可自由意志往往是隨機的、亂數地被對立在決定論之前──假設它可以推翻認知、舉止、決定和行動發生的任何要件，在你詩集中各輯的設問，就是對決定論最大的揚棄與悖離，而無處不顯露出你對規制的挑戰與抗衡。

反覆誦讀，我每每困惑於你的輯作安排，與每一設問之間的關係──輯一「如果多數決原則是一種合理標準化的枷鎖」錄詩37首，輯二「如果記憶不斷句會變成黑白的跑馬燈」錄詩4首，輯三「如果在咖啡廳撿到一張與筆共舞過的衛生紙」錄詩24首，輯四「如果人生不留白的話是否就有足夠的色彩來構思圖象」錄詩2首，輯五「如果全世界都建起橋樑的話我們是否可以彼此認識包容並接納」錄詩17首，輯六「如果特調可以有兩種滋味又得以入喉的話」錄詩3首，輯七「如果有天我忘記愛情那我只好擁抱一個恨我的世界」錄詩11首，──卻又著迷於各輯以錄詩數量幻化成的形象：我彷彿看見單數輯詩合成四頭並肩向前徐行的獸，又各自以雙數輯詩遭下蹄印；而四獸毛色斑斕，雖不以成詩早遲編排，然又能自輯中見識時間如何透由詩在你身上展現熟成。16歲送出螺貝，28歲已在透明雨衣裏斷線無聲（輯一錄〈螺貝裏的戀歌〉，2003年；輯三錄〈道別〉，2015年）；18歲「不能寫詩與戀愛，願作石頭」的憨直，21歲迅速進化成為「何妨成水加鹽，久待戀人淚腺」的堅貞（輯三錄〈自由〉，2005年；輯一錄〈造句：「我願化作」〉，2008年）；21歲迫不期待等待啟

8

程、對美好遠方的想像，33歲已然成為能夠同理父親笑看自己年少冒失的寬容（輯一錄〈詩，我回來了〉2008年，輯三錄〈成熟的啟航〉，2020年）……

除卻時光遞嬗對你的醞釀，在輯五「如果全世界都建起橋樑的話我們是否可以彼此認識包容並接納」之中，我也目睹了你在不同語言之間構建蟲洞的身影。詩人以相異語言詮釋同一作品，是單純的文本移植，還是作品的再創作呢？對慣於使用單一語言的讀者而言，該作另一語言的展現，能否是資訊、想像甚或是社會文化的轉換？相信長期在紐西蘭完成求學過程的你，對這樣叢生的思索必更為深入而全面。但在〈蛹〉一詩中，我發現對你而言，詩並不僅僅只是橋樑，而是某種祕而不宣卻又迅速漫延、通達如蟲洞般的戰鬥意志，直擊人心：

　　「修羅紡ぎ／紡織著修羅
　　　世界を着替え／順勢替世界更衣
　　　野火で咲く／以野火綻放」
　　　　　　——〈蛹〉

而和山貓安琪和霖晟等詩友們的唱和——即詩集中輯六你所謂的「特調」，也讓這本詩集的觸角從視覺延伸到了嗅覺、味覺與聽覺，讀來豐富而多元，不僅僅得以入喉而已，更不禁令人吟詠再三：

　　「搜索一遍唇上的鑰匙
　　　鏽得回甘回苦
　　　並且有百褶的字句在望向你的窗緣

清楚徘徊的噪音」
　　　　　　　──〈情詩061206號 feat.山貓〉

「直到焦慮的驛站
　直到脫下了蟲足的鞋襪
　以漸進式的
　火車便進站了　在夢的藩籬
　行經軋聲的剪票口
　清數票根時忘了窗景
　回度輾轉的蟬聲
　冥冥之中我們選擇遺棄」
　　　　　　　──〈黃魚非情詩 feat.霖晟〉

　　若甘於舒適，我們便不會選擇以詩言說；若安於標準化，我們就不會臣服於多數決。世界讓我們遍體鱗傷，但傷口並不會是枷鎖，阿多尼斯說過，傷口長出的會是翅膀。而記憶不會斷句，它從來就是行進的過程，在空中，在河口，也或許是城市大廈的某個窗口，或是誰人夢境之中所凝視、我們終在下一個夢境而能繼續感知的風景。寫詩是寂寞的，讀詩也是，跑馬燈或許也還是黑白的好──如此，便真親炙你光影漲退、「寂靜是奢侈的」詩中異境：

　　　「わたくしは遠洋の蛍光魚みたい／我宛如遠洋的螢光魚
　　　暗闇に自分だけが見えることは淋しい／黑暗中只能看
　　　見自己是如此寂寞
　　　もう何かの大きな口に入った様な感官／彷彿已進入了

某張大口的感官
海の底で水銀になったわたくしは／於海底已成為水銀
的我
黒の一部分にとけたい／欲容入黑色的一部分」
　　　　──〈寂しさを海の様に／寂寞以海的樣子〉

　　　　　　　　　　　　　　　　　　　　　書勤

【自序】

我寫了一篇冗長的自序，又把它燒了。

火光中有裊裊雲煙，窺見記憶中熙來攘往的人。

感謝家人。

感謝詩友：波可、霖晟、莎比、若爾諾爾、山貓等。

感謝老師：喜菡、王希成、蘇紹連等。

感謝多年來羅拔的鼓勵，以及彥甫兄的啟發，這本詩集才得以問世。

這本自傳的自序，就到這裡。

說太多，就失去意思了。

目次

輯一：如果多數決原則是一種合理標準化的枷鎖

輯四：如果人生不留白的話
　　　是否就有足夠的色彩來構思圖象

輯五：如果全世界都建起橋樑的話
　　　我們是否可以彼此認識包容並接納

輯六：如果特調可以有兩種滋味又得以入喉的話

輯七：如果有天我忘記愛情
　　　那我只好擁抱一個恨我的世界

輯一

如果多數決原則是一種合理標準化的枷鎖

青春的雨後

以一把光線印象落雨的街，
揭露上帝創造的暗房，
沖洗出黃色塑膠衣、
持小傘的女孩、
雨鞋、水漥、雨景與
嘩啦啦聲響，
以及——
一只雨過天青的微笑。
天空實際上倒立著，
否則底片怎會顯露出神情如此哀悽？
走失了快門與閃光燈；
波浪順勢濺溢傾來。
至於匯集的水珠，
典藏當季，失焦與距離的午後，
曝光那遺忘於巷尾的那陣回憶。

腳踏車划過一個溼漉漉的下午，捲起
在巷尾留滯的那陣風雨。

三稿　2010/03/21

螺貝裡的戀歌

海潮平鋪一層薄毯，
我的戀歌獨自藏匿著。
氣泡不再消失之前，
妳是否曾經聆聽，
我送你的螺貝？
不然妳是如何知道
迴盪其中的我對妳的思念？

將一半感覺藏置在天空之後，
另一半感覺興起，
是妳初嚐青梅，
有些奇怪卻討人喜歡的表情，
親愛的，
妳是否曾經聆聽我送你的螺貝，
聽見大海熱情伴奏的戀歌？

音符跳著輕快，
休止於朝陽昇起時候，
我朝沙灘上滿佈的期望跑去，
流下青春汗水那時，

親愛的，妳可聽見
螺貝中迴繞不去的深情歌聲。

二稿　2003/12/22

看風

悄悄地瞧天空中的雲朵
梳弄，時間長久的髮絲
撥奏一首綿延不絕的輕快曲調
往神祕的目的地前行，漫步
在暖風拜訪的時日裡

悄悄地瞧天空中的雲朵
在透明玻璃反射中游移
於接近屋簷與天空銜接之處
我們流浪
從耳邊
與聽覺一起出發

二稿　　2003/12/19

深夜孤行

將影子掛好收進櫥櫃
才孤單地步入

寂寞。

因為路燈群的潔癖
我陰鬱的友人在衣架上
晾曬靜思。

月光哄著柏油路入睡
鋪陳一床催眠曲
夜伸出手
指頭游移我難眠的背脊
彷彿戀人愛撫著夢。

日記裝載太多往事
回憶撐開了地平線
憂鬱膨脹的色澤渲染天際。

驀然回首
朋友，你何時來的？

二稿　2004/03/28
獲「基督城華人作家文學獎」佳作

妳說

親愛的，妳要說什麼的
顫起初秋夏末口吻如此感性

我羞澀悶騷的水氣凝聚
築起天穹上一座隱晦迷宮
任颱風，從容地飆馳過
柱廊上各式深淺痕紋
搖盪起回憶彿如鞦韆的軌跡
彿如八月降於小公園
那木棉的棉

霧靄輕揉惺忪白夜
迷失左右的秒針
任由每絲晚光
涓涓擺晃過
　　分
　　　秒
　　的，
　　　　縫
　　　　。

拆解三分半與三年的情詩
字行間醞釀杯蜜醇致妳
只因橫越太平洋的鐘擺
是兩地間最深邃的交集

迴廊尾端世界的縮影
微量地繪：十一公分半
比起舞池內我們額對著額
跨過焦急與疑慮的步履
還長許多……

羞紅一朵炙熱玫瑰
座落於妳我緊貼的頰
經緯方位是情是愛
南半球高溫僵持不下
而親愛的
我單足持續著
——保持沉思該有的
姿態，於冰山巔嶺上

等待
　　妳說。

　　　　　　　　　　　　　　　　　　五稿　　2004/05/25

意象空窗期

扔下腳跟吧！亞奇遼斯＊！
抑揚的步履以落雷之姿
待你吹去霾雨。

彼此空窗未闔
雨季末垂吊屋簷的點滴感染心思
那些尚未完稿的，褪離都市幾十萬靈魂
滾燙的遊行，幻化各種形式昇華。

待妳吹去霾雨，那天，或
受潮的濃霧分秒讓火燄嘆息
以陰鬱的口氣凝結抗體
對妳。

註：跳躍的日子尚未到來
　　而妳又是否願意繼續聆聽我的書寫？

* Achilles tendon，跟腱：連接小腿三頭肌與踵骨之腱。亞奇邊斯同是希臘傳說中特洛伊戰爭的英雄，為波列烏斯王和海神之女西諦斯的兒子。幼年時，其母為使其具有不死之身，將其浸泡在冥河裡，但因腳跟被捉著無法浸泡而不能完全不死之身。後在特洛依戰爭中，愛上普來姆女王的女兒，卻被該女之兄派利斯以毒箭射中腳跟而死。

七稿　2008/09/15

詩，我回來了

經過祕語七十餘天及三次遭肢解的平交道上
彩虹的調色盤上的政治示威　這些與那些
鐵道似乎還在尋找終點站　我們覓索遺失的票根
在街頭隨夢想流浪　城市外掛一面笑容上吊後
太陽告別月亮　看見新聞　大家都不笑了

微笑或是呼吸　即是一首潔淨的鋼琴曲　黑鍵
是同妳分享的佐料　彼此品嘗對方的準音
五線譜纏繞了地球　以不雅的靜態窒息
我才發覺　妳虔誠的信仰　讓我奇數化著戀人街
讓我　已經受夠了每每難過時在詩的腿上撒嬌

一二三四五一二三…　羊群囈語中的答數
不斷細數夜晚的腳指　海岸上叢生的女王頭
以潮汐與鮮味苟存　等某天啟程漂流的日子
脖子疼痛開始　地面已有迴響細聲　說：「想必遠方很美吧」
只可惜戴起墨鏡的人　似乎窺伺著西北雨將我融化的神情
一身泥濘　我還想奔跑　起飛到童年的操場
盤旋在飄浮記憶的光球間　降落在那夢的迴圈上

31

親愛的，我沒有走
只不過是起身呵欠後再次沒入妳光亮的闇影之中的　遠方
伺候

二稿　2005/05/18
刊登於《吹鼓吹詩論壇4》

教我薰衣草QQ糖的吃法

或許我依舊不懂愛　或其闡釋口吻　但每當光線戳破了泡泡
我彷彿夜晚一個書寫作業的小學生　邊解答邊吃著糖
而妳是甜蜜的空氣　及滿天的問號

汽球旅行翻越溪流峽谷　經過懸崖碉堡
堅守百餘年傳說的回音　收關
愛恨與騎士的劍　光影與巫師的魔法
歷史催化發酵成酒
揮發的揮發成為另外一段天國神話
凝結的凝結在煉金術器皿內提煉　這世界
無雙的光芒　雀躍之際　掃帚自己記錄了一本飛行日誌

感嘆群鯨擱淺的滑翔堅持　大海情歌開始哀戚
岸邊夕陽的舞台橫行著　正在老去的招潮蟹隊伍乘涼
潮水的觸手　將牠們捧入　海平線雲朵的懷抱
穿過濃霧層層　滲透廢墟石垣　上萬朵蝴蝶佔領無垠的薰衣操場
玩一種叫躲貓貓的捉迷藏　說穿了　都等著鬼向波斯貓自首後
才迴繞營火高唱愛與死亡的復活式

而在秒針歇息的時分　汽球還在聆聽今天如何結局
中場休息　妳帶走我所有味覺離開
孤席等窗簾開幕訴說：時間中止等妳
等妳對我攤出手掌流溢出美好極光

兩根小拇指的誓盟　與嘴中的薰衣草QQ糖暫時失蹤
我牽起汽球懸浮　靜候妳回來陪我劇終
頁腳甜味猶存　習作最後這題　妳倒是說說該怎麼做？

四稿　2005/05/22

紅眼症

我屬兔
是天生紅眼的
農曆七月誕辰的
鬼小孩

但如今童年
不過在罝中賽跑
凌波微步跳來跳去
還是贏不了某個烏龜王

當這個病症每隔十年才大流行
為什麼我總紅著眼？
陽光，是紅的
兔魄，是紅的
兔子，是紅的
烏龜，是紅的
想送的棒棒糖
被妳寓意深遠的微笑融化

不只在萬聖節
永遠槓龜的我
洗乾淨後想偷牽妳的手
然後給妳看我紅眼的鬼臉
嚇得妳不禁哈哈大笑

潛伏期，三至七天

初稿　2005/06

最後一個秋

這季該說的詩篇
已付諸於一片片回憶中
任冬陽低溫烘烤，乾脆
夾進日記等待焚燒

依舊蠢蠢欲動的我們
仰首天空回想那段嗅著徐風
嚐著浮雲的流程。闔上眼
風箏能繼續旅行？

終點沉睡在遠方的風景
塗鴉不得的蒼老畫派
課本習作下起橡皮擦雪
抹去所有畢業前的苦讀
放棄火葬後植入泥土拼湊成化石
給考古學家一個謎團
也就是青春死亡時必然的姿態

隱喻之必要

替自己臉龐添縫上欲裂的明日
我們極力紡織回以為失去的時光
畢竟，這是個無法釋放風箏的年代
結局的最後我還是想通佯裝陽光之必要

然而我是朵佯裝蓓蕾的孤雲
說這場獨奏曲名為「錯誤」
弓擦出火花花瓣的弧形模擬風的曲線
在歷史每個頁腳勾勒焚場的紋身
象徵每秒鐘不斷熄滅的我

然而凍結的培養皿中
沒有閒情容納死亡
薄冰底下一片汪洋
天空是乾燥的海
航道的苗頭能趨近何方
就這幾年了
如今根必須默默止靜
暗自向莫名的悲傷竄生

然而，不將再有然而了
在此倒數第二句嚎啕大哭
然後從此，每每微笑皆是悲傷之隱喻

倘使我們就此安寧

我有明珠一顆　久被塵勞封鎖
今日塵盡光生　照破山河萬朵

　　　　　——〈茶陵郁禪師之開悟詩〉

若前生不信基督我鐵定在佛前跪數個世紀
求祂許我一個眷戀的眼神如清晨破曉輪迴五百年

充其量不過幾秒

倘使我們就此安寧指縫間的時光滲落在下午的咖啡杯裡
與寫不滿第二行的詩篇攪拌均勻而紙上的砂糖塔是苦的偽裝

喝下不過是多一撇蹙眉的枉然

妳安寧地走進宇宙的夢境而我也只能緘默地
望著妳的睡姿如此甜美坐在妳的身旁逐漸變成白靄彗星

幻燈片跑著地下列車的快門

親愛的我始終是個按不下扳機的恐怖狙擊手份子
要摧毀這世界只得用一顆懷念病毒炸彈

殲滅自己

從不以花輪廓妳就因花總早早凋謝離我遠去
不如妳手一開，照破山河萬朵照破我

所有疑慮

初稿　2005/07/18

沒空

有沒有心情重拾佈滿歲月的吉他
撥弦似風附和妳搖曳的髮梢　午夜裡
窗簾縫間流溢出冰雹的問候　伴奏打擊樂的午夜是繁星
自轉的漩渦是海洋　螺貝攪拌均勻飄溢出所有所有
關於妳的閃爍意象

我們沒空在晨霧裡說謎語，甚至打啞謎。妳說。
我想與妳一同熔解　好灌注心中的祕密花園
開出一朵名為妳的花　把色素提煉成單調的金屬
鑄造成心形鍊墜　拼湊在我胸前　大小剛好

有沒有心情讓雙手上移在妳的肩頭　放下飛翔的沙鷗或是蝴蝶
曾經幾次我沉沒　但總能重新步行回汪洋上　任另一波潮流擊襲
是不是我的防曬油擦得太厚　讓妳看不清　夏日的天空正在下雨

如果現在沒空我等待著　或許最後一天我不再持筆
然後坦然告訴妳咖啡杯裡真誠地缺乏了什麼需要等待的
如果有空　請彈一曲吉他　讓我沉睡一個晚上就好

探險隊員日記

貳零零伍年玖月陸日　天氣情時多云偶陣詩

深知天空的不可及
深知汪洋的神祕
深知身為人類的無力感
深知自己，不能沒有妳

今天早晨
爬出睡夢的包裹
草率糊口後
進入紫色制服的
移動叢林

張帆
橫越瘴氣的人海
在每一個稱作教室的泥澤
擱淺思緒，學到多少
因天氣而異

想念

是隻狡詐而飢渴的獸

穿梭在眼與耳的縫隙

門與窗的窺孔

跳入了黑板

跳出了白板

全身爬滿雙色條紋

這才是我的制服

斑馬的囚裝

我是另一個迷失的愛情探險隊員

山峰上處處是失足的危險

但是我拋不出自私的繩索

繫在妳細膩的腰間

或許還綁不住

極地正在融化的身體

愛情正一棵棵倒下

我的詩篇還來不及耕植繁衍

鐘響，替白晝送終
想念不知何時溜進車內
在下車前的零點五零三秒將我生吞
我們每天如此，像是部滾瓜爛熟的戲碼
重複的劇情我一再淪陷
尖牙在胸口
假使不幸地可愛而多情的想念死去
我想拔出的會是地獄的深度
或許就此不再相信
熱氣不是放在愛情的背包裡

如今我繼續相信地就寢
因為夢中的夢中
竟也是妳

每日一句：

「任何幸福都不會十分純粹，
多少總會摻雜一些悲哀。」──賽凡提斯

初稿　2005/09/06

造句：「我願化作」

我願化作花園裡一朵淋過晨霧的白色氣球
將背景說清楚些，隨風帶你去旅行

我願化作天空中某隻迷失的波音747
跟隨你的心，那朵流浪的雲

我願化作汪洋上哪顆沉睡的椰子？
那都無所謂，因為我在你懷中

我願化作一粒水分子，加點鹽巴沒關係
反正待在你的淚腺我永遠不會出來

我願化作我自己，有一點傻氣也沒關係
反正，你會來解救我

二稿　　2008/09/03

我在飛機上想妳

月光上漫步
如柔弱的巨人般
鳥瞰雲的拼圖

信天翁是上帝的針
在靜夜裡忙碌著
穿梭一朵朵蒼生的夢

也在兩個國境的海角間
縫紉我們的情感
當然，若妳願意的話

二稿　2008/09/03

終於在星期天以情遮掩成詩

今天的太陽會賴床
趁著光影錯綜複雜
把光纖編織成毛衣
勸退故事中固執的編劇
記憶於是滾來滾去
與一隻玩耍的貓

宗旨是：
非法移民進入妳心
苦幹實幹努力打拼
當選最後一任總統
憲法以情詩填充
胸膛是中央山脈
相信可以共枕到石爛海枯地老天荒
吾黨在萬歲以上
黨員一人，我

中止式：
其實我不寫詩
　　　不尋覓新鮮意象

只輪流寫「我愛妳」及妳的名；
愛是一本不想翻閱的課本
封面上塗塗鴉
記上歲月與妳即可
書籤浮在太平洋上
從這裡向北游
幸福就會受精了嗎？

字組成句子就有了詩的保護色
像愛，就是一個例子

初稿　2006/07/02

慣例行走

跳房子的粉筆畫線不再，如今已是
航太時代了，沒有登陸計畫的雙腳
向競走小綠人學步，跌倒後望天
看見月球與他留下漫步的足跡
這世界上唯一能原地踏步的非他莫屬

小綠人嘲弄倒車入庫與影像倒帶都
僅是表象的我們必須死去以沉眠似的
死亡，我們每晚夢遊茫然步向
死亡，吃飯時我們手持筷子並捧著
死亡，一切都屬於進行式
偶爾靦腆害羞地佇立不動
紅燈也無法使時間塞車
週休摺的紙飛機也無法飛越馬路
記憶從排氣孔遺忘等於在背後嘆霧
窗口的另一邊是個污染嚴重的光景
現代人無法回顧兒時向柏油租取的粉筆線
太空梭上渴望垂直飛入天堂的鬆脫螺絲

盲目墜落在我們的城市，忙碌
盤據在綠公館樓上倒數生命的可能
炸彈就是我們，互相推擠彼此謾罵
亂七八糟的武術在街頭上演
特效與爆破都受自然流露感情激發
小綠人還是假扮成印地安人靜候站著忍耐
或是繼續原地踏步看著好戲等到讀秒結束

模仿失敗是大家的通病，踏步時
汗水淚水腳底流溢的血，鑿穿
當下最深邃的陷阱，自我墮落
變成家常算計，微笑後是滿滿的行程
包括彼此陷害的定例一小時祕密計畫
就算沒有這個意願我們都跳著圓舞
渾濁的泥壤中徘徊，一個接著一個
踏破彼此遺留的心，當酒精
環繞心的瓶蓋走一圈
我們就醉了

我們的生命會在
哪一個國家的
哪一座城市的
哪一條道路的
哪一個斑馬線的
哪一格的
哪一秒
坍塌？

墮落至今停不下來
但是路途可以延伸
百萬年或千萬年後
無論石油燃燒或是太陽光能
是灰階都市又或是炙熱沙漠
小綠人會駐留在老地方
模仿我們的動作
訕笑我們必須在終點線上成為
海市蜃樓，而他則繼續原地踏步
看著一個個莫名與他擦身的旅客

：
別擔心
當我們都走光了
讀秒也一定會有
熄燈的時候

二稿　2006/03/12

花語：無奈但還是有希望

累得多麼不像話
連一叢千日紅都錯看成妳

悠久的時光鐘塔自水星
低聲呼喚我的名字
花了九千一百六十九萬公里的時間
回到我的耳朵，然而妳一轉身
竟是數不盡的光年

一個向陽的早晨
彷彿在晨光中看見熟悉的臉龐
（或許是幻覺吧）
我持續一如往常地繞行公轉
圓形，不得質疑的 π
毫無問句地在萬花筒中打轉的陀螺
拆卸重組，我不善變

（妳相信火球上長著紅花嗎？）
（我也不信）

親愛的，如果
妳人在太陽附近
請妳到水星上的天文台
或是在金星拿起望遠鏡
我會在地球或是火星
種植一千萬公畝的千日紅
那時，請妳想起我胸口的吊蘭
並且全看錯成我

初稿　2007/05/06
刊登於《笠詩刊》266期

冷峻谷底下我預見我的結局

十個指尖都發紫了
連摘耳朵的一點氣力
都翩然如雪花蝶般
破碎在綿綿細雨中

怯是半個人都聽不見的聲響
在白靄平原與白靄天空間
一陣風就可抹去曾經的足跡
許多亟欲挽留的祕密
在盡頭一動也不動了

我能否寄望冰河下
堆積殘留著持續讓長毛象
願意飽受煎熬度過更新世
全新世到這一萬兩千年孤寂
存在的殘骸？末日冰封
僅剩影子四處覓尋
不存在的一株青草

且將落雨看成是
殷勤插秧的華麗姿態
結凍的稻草人被支解前
向神祈求更多愛意
才得以超人；雨
停了雪更加凜冽
牙顫搗碎等速生長的哀愁絲息
等一切融化風也停了
地也綠了

初稿　2007/06/09
刊登於《笠詩刊》266期

西邊的長詩

茅屋裡住著一個牛仔與一條斑駁吊帶褲

兩把生鏽的槍在口袋裡

子彈在鉛色的時空中掉落著

晝夜他佇立門前，眼裡有日月

在半面藍色鐘錶的軌跡上遞換

牆邊罐裡兩條醃黃瓜恐懼地抱在一起

桌上是一盤未完的賭局

彷彿尚未啟示的塔羅牌

死亡，其實死亡並不可怕

牛仔在睡前總是歌頌死亡

抱著消瘦卻沉重的吉他

迎合隨颶風劇烈旋轉的風車翼

月光明亮卻下著傾盆大雨

謎樣的生物從門縫下伸出手掌

散發著熔解中的硫磺

室內除了壁爐外還有兩條白光

一聲厭惡的低鳴

一群從約克敦撤退的英軍亡靈

牛仔得意地高聲大笑，砸毀吉他

並從牆邊佈滿歲月的玻璃罐中

取出一根哀號的醃黃瓜

他打開鼻下的仙人掌，清脆地折斷了死

者的腰，如閃電擊破了RIP的字樣

他又拾起了消瘦的吉他

（破滅的終究重組）：

　　雨在太陽前消失

　　甦醒同在那時

　　白天是造訪的好日子

一隻土黃色的狗從沙漠回來

他們便入睡了。雨在太陽前消失

窗邊的床上有紅銅色的臉龐

不曾作戰過的他臉上有戰場的痕

想必曾經有運河在那裡長流

喉裡無比乾渴，他醒來

忘卻有悲傷的日子

他帶著土黃色的狗出門

破皮靴裡有鼠味爬出來

他們此時站在全世界唯一的麥田

此外盡是沙漠沙沙漠漠沙沙沙漠

昨夜所有月光的情感

都陷入大地龜裂的表皮
　「早安，牛仔。」
　「早安，土黃色的狗。
　　今天還是老問題。我為何我。」
　「你為何你。我為何我。
　　我非聖賢。也非鸚鵡。
　　我不會站在你的肩上討好你。」
　「那就是你為何你。」
　「二氧化氮的色澤。
　　大地今日照舊無情。」
牛仔對天鳴槍，綻開硝煙花
他知道腳下的幽冥深處住著
白堊紀與侏羅紀前後的生命：
　　一尊以戰姿死亡的騎士
　　一朵被下了魔咒的石化玫瑰
　　一隻回首的始祖鳥
　　一隻長滿鋸齒的異特龍
　　覆上沙的生命已逝
　　地下有珊瑚花散發磷火指引
　　吹過的風不該再提起

關於早餐，他們可以瞄準兔子
也可以抓起一隻鐵殼蠍
或忘卻有空虛的日子，最後
他們打算烹煮在洞窟裡網起的回聲並且放棄
　「別忘了你的歌。」
　　雨在太陽前消失
　　甦醒同在那時
　　白天是造訪的好日子
刻意爬上了峭壁再下來
嘴饞而咬著荊棘
微笑的面具嘴角流著血
穿過麥田時從胃袋中取出檸檬
泡成Lemonade前掀開底牌
一個少女站在門口
無法忘卻悲傷的日子
狗舔著她的手
她舔著她的手
他舔著她的手
接著喝下了滿是凹陷的銅壺
牛仔把狗趕回了沙漠

他們作愛，並且親吻
少女聆聽著牛仔鳴槍
（他們不是為了作愛而作愛）
睡夢中她獻出了脖頸
他溫柔地挽住她絲綢般的髮絲
收割起所有叢生疑慮
他牽著她赤裸地走入黃昏
拾起那些苟延殘喘高舉起手
微風把他們吹入
金黃色的海洋

二稿　2008/02/15
刊登於《風球》第三期

下午四點的窗景描寫

白色的簷下
一株年幼的苗揮舞著青綠陽光

那之後是墨綠色的鄰家屋頂

那之後之後是雲下的老樹
與它蒼老的年紀

那之後之後之後有山有
另一棵看似與老樹等高的杉
在霧中看見黃昏的光
與多雲的天
風在飄動

那之後之後之後之後
母親的白色飛機也已經在返鄉航程上了吧

初稿　2008/06/09

從臺灣至異境

一片雲海靜止於黎明的海上
恰似一座座浮起的島嶼
描繪著曙光的輪廓
妳把陸地與陸地隔開
教導人如何想念彼此
　　　如何思念故鄉

從港都遷至港都
妳好似不曾離開
以母親的眼眸注視著
那些浸泡在鄉愁中的浪人
那些終日謙卑感念妳的漁村
那些將毒品注入妳體內的廢水管
妳不曾離開，始終等候著我們向善
期待中滿溢的傷感
蒸發後藏在縝密沙粒間
天空機靈地以陽光指示出來：
　鎂鹽是苦
　鉀鹽是澀

氯化鈉的結晶
美麗而犧牲的閃爍
潮汐一次又一次地沖刷
妳不願被發現的偉大

而我會學習妳的偉大
努力一波又一波地付出
從東方至西方
自南方回北方
學習妳平靜而深邃的眼眸
瞼裡有沙，也有光

初稿　2008/07/09
刊登於《文學人詩報》

夏，記淡水

輕輕地
將
眷戀的眼神
平鋪在海平面上
如浮標般的音符
隨B小調的階梯
載浮
　　載沉。

遙遠的船鳴
喚睡了甜蜜的戀人們
迴盪在海洋與天空之間
宛如光暈的呢喃。

記憶的底片
在時間的波流中曝光

意識停格，印象失真。

是誰一個人？
佇立於尖塔上垂釣著
淡水河裡的雲絮
拖曳著，昨日的微風。

夏天
沒有畫出任何人放風箏
日記本剩下的頁數裡
倒是夕陽，將影子描得好長好長……

淺波

天空受感後鉛起了臉
傾盆對妳的感傷
雄厚地積鬱壩後
終有一天頹廢坍塌
屆時
淺波中
沒有
暗
流
也沒
有
反
　光

初稿　　2008/08/02

「生命必須延續。」sang the chorus.

冬日長著細毛
宛如畏縮的雪白毛蟲
在宇宙飄浮

覆巢下一隻凍傷的鳥
沒有機會學習飛翔的訣竅
遠遠地，那看似可口的毛蟲
也一動也不動的
是不是也瀕臨死亡了
又或是在更遠的地方等牠了

夢裡有許許多多溫暖的幻想
闔上眼睛後便已遷徙
無須振翅也成為一隻稱職的候鳥

然而有紅蟻般的麻感爬上了腳
身體不再溫暖也不再寒冷
曾經記住的事情一一浮現
天堂究竟是黑是白
已無感官判斷

羽毛如蒲公英
脆骨如樹枝
由一個早夭的哀傷
在春天化為霧陽下的萌芽

初稿　2008/08/03

孤羚女人的廚房

蚯蚓匯集成的
鄉愁，逐漸融入底層以掙扎
著色成平淡，安靜地沉澱

雨後的田鄉，漬乾的水泥牆
積灰的紗門，悶老鼠的鍋
晾乾的蛇皮，樟腦與檀香
那是豐原某處苦茶油的廚房

聽見斑鳩告別
哭出鱗片才能煮面
（鱗片又如何擠出淚腺？）
子在外頭被笑成藥罐
一顆顆的淚水只能往肚裡吞
白煮面子還是要盛上桌
不肉，不菜，很單純的
愁絲把兩只水龍頭下的喉嚨打結
廚房何不就這麼嗆死算了

有一天製造噪音的工廠出現，突兀
在翠綠的田野間，把產品
全都扔進了廚房，廚房
因此變得難以行走，散落
滿地的煩躁與不安
被攀折下的詩集與小說
一個又一個墨字溶解成液體
一口又一口被大地吸收

哭鱗女人在廚房裡
玩著兩只藍頂的水龍頭
看著灰濛濛的紗門外有什麼動靜
有時候她推開濾鏡
有時候外面是彩色的
有時候斑鳩喝醉了
有時候蚯蚓都回家了
有時候百貨來到家門前
有時候秀逗阿達都正常了
有時候牛頭梗把工廠叼走了
有時候豐原好的地方都飄了起來

為了這個有時候腳掌呼吸土壤之際
枯零女人的趾尖又有新芽萌生

初稿　2008/10/24
刊登於《乾坤》54期

桂花

光芒下你僅僅可以遮掩身形
葉幕後若隱若現的軀體反映在
千年中國歷史裡，鑲嵌註定
攸關種種許多傳說與故事

揣摩你需以鋸齒葉
破壞活字印刷的刻板
清香滲透五至十月
每個分秒間移動時
所暴露的縫隙

我不過度聯想
只要猜測你骨子裡頭
紋的是什麼木質脈絡
隱藏如此雋永不朽的詩意
你當然有權保持緘默，但
光芒下你僅僅可以遮掩身形

初稿　2008/12
收錄於「中央研究院數位典藏資訊網」

小花蔓澤蘭

這是全世界加諸的不幸
將熱帶風情與向光樂觀
誤解成綠色殺手的凶器
又有哪一株愛慕太陽的花
會顧及底下雜草的心情

天真而單純卻有遠見
你從不回首過往陰影
孤獨或結伴都好
一分鐘走個一里就好
往既定的目標旅行

他們不理解的槌
甚至妒忌的鑿
令人擔憂
莖基部的心
變得
近戟形，先端漸尖，邊緣長齒

面對世界打壓的外力
你可否維持初始的原形？

初稿　2009/01
收錄於「中央研究院數位典藏資訊網」

白千層

別離後的時光化成千百層陌生的隔閡
不起眼的希望僅取蜂形縈繞於髮穗間
揮動著薄翅企圖挽回哪怕只是絲絮般的注意
毫不招搖地用委婉的彎曲口器梳理阡陌花白

莫是仍沉醉在甜蜜而虛偽的叢前，那美好的交集
醞釀出的漿液匯聚思緒中迴流，迴旋迴旋
迴旋迴旋迴旋迴旋迴旋迴旋迴旋迴旋迴旋迴旋迴旋
原來視覺是昏厥的，為此驚駭不已的身軀顫抖
宛如於地震時聚焦。綻開複眼萬千
卻看不穿事實的本質，千百層面具所遮隱的真相

木栓閂死了夢，然後一層一層，一層又一層地，推

催歲月老逝而愈漸遙遠，到最後，最後的最後，剝落

如此矛盾，夏末至冬初的回憶切片滿地散置
能註腳悲傷的筆觸，亦能擦拭無悔的足跡
能寫下相聚，能抹煞別離，白千層
為愛偕老吧，花與蜂，蜂與花

一同留下玉樹油的淚漬
抗流言的菌，消臆病的毒
止思念的癢，防酸愴的腐
直到坦誠相見的那天
沒有隔閡，沒有委屈
不用疑問，不用想念

初稿　2009/02/24

蘭嶼羅漢松

無論你相不相信，但請
別說「棋盤腳」
也別碰拼板舟
更別打擾那些精靈
他們安分地mamalikawag a omlisna*
在枝葉上靜靜思量。
別吵，別呼吸
生命永恆不需要空氣
噓，靜靜地
眺望東清灣
壯麗的森林
在時光隧道遙遠的彼方
一棵又一棵
緩慢地倒下
忽然間
只剩下湛藍的天空。
無論你相不相信
行於歲月洪流的舟
是matatava**的精靈作的
所以別蓋屋子，否則

身高會變得蝸牛地
別看他們圓咚咚的
夜裡的風中可以聽見
千百年的語言
至於羅漢、袈裟、佛……
是外地人說的
我們沒聽過。
什麼是羅漢松？你們為什麼拿斧頭？
mo kongoen ori a mo kapanba so kayo？
（你那個要做什麼用？為什麼要砍樹？）
si maviay am toda aviay am.
（如果它能活著，就讓它活吧。）
無論你相不相信
桔子別帶到海岸上
女生也別到神祕島＊＊＊
陸軍老愛射飛彈到那裡……

附註：
* 達悟族語：盤腿而坐。
** 達悟族語：胖胖的。
*** 小蘭嶼，在1994年以前被當作飛彈靶場。

初稿　2010/03
收錄於「中央研究院數位典藏資訊網」

樹與花

有一棵樹
看見一朵花

樹想開花
以類似花

花說：
樹當為樹
花當為花

樹倒了
往世界的另一方
葉子散了
落地生根
開出海樣的花

初稿　2010/08/08

二十歲

近況

曾經看過海與天——那生死的落差
自由不自由已不重要
死亡的深度極端冰冷
刺痛如見無天日的海膽
黑暗中陽燧足及海蜘蛛展出長腳覓行
幸虧我知道，我的心是鱷
我可以牽一隻別上蝴蝶結的紅色汽球
（提著戴維瓊斯的箱子復活）
穿越一切咬人的文火詩漉漉
自焚得不夠旺盛，那是
我虛晃的拳頭，是不足以擊碎冰河
不過私世界的淚平面升起
所有人從未目擊
最中心最隱密的深邃盆地
每個人都必定走過的負數地形

香檳

砰砰兩聲，飛機雲交織
雙十節理應慶祝的
用兩個曾經發生過
多重穿刺頭顱
割傷肋骨
與粉碎腳掌與手掌
的億萬人疤痕，來祭中彈的
天使與騎士

最後的晚餐
生死離別的前菜
刀叉是這麼聊的：
十八歲時稱作近似幼稚的純真
二十五歲稱作理想
四十歲時稱作幼稚

異象

天空崩裂
海是膠質可行
陸，有毒
請別穿拖鞋
嘴裡會長出腳趾
輾平身子
一顆顆的肉球
饑渴地嗅著
狼身上只有巨型菇菌
如塔高聳
撥開了最高的傷口
雨落成牆，四面
時光驟降的肌理
所有一切皆在瘋人院內
一個正常人的掙扎

他窒息中
鼓起又坍陷的駝峰

棲息地的覓行

最近我慢慢地變綠
變綠時若無其事地站著不動
小心地清算身上的刺
以及莖幹內有多少沒靠的
液態的夭

偶爾我也會慢慢地變黑
但是與其假裝盲目
我扛著背上被傷害的證據
潛行，然後在危險時
畏縮／偽裝成
一顆經驗老到的海膽
事實上有些人看不出我是什麼

有時我也想變成詭異的藍色
詭異的紅色、或詭異的透明色
勝利的手勢V捧在雙手
還有針狀的嘴／嘴狀的針

——說穿了自己也沒看過
騎士死前留下一把可彎曲的長槍
殘留下詛咒的毒。我說
我是純粹自衛，還有五十六節腳
一百五十多對肌肉及背上一個大動脈
八成也沒人相信

不確定感造就危機意識
有人雞婆把萬物都取了名
並用數字來輕易地詮釋生命
這回我來當一隻狗好了
叼著親愛的肋骨
與長頸鹿與他的肋骨
與非洲象與他的肋骨
與藍鯨與他的肋骨成雙走上
光色的方舟

情詩

我早已不信詩這種東西
只是太想念曾經擁有的回憶盒中的
夕陽校廊，那裡
是年輕時的憔悴細呢
那是他走不出的，我是說我
是他，他如此愛妳，十八歲時
他為了妳走入無涯的沙漠
帶著他十六歲時的腳傷
與十七歲的希望

而或許他早已死亡
當他那天
不小心跌碎了他的棲息地
窘境裡的氣喘，過敏，蕁麻疹復發
重複他肺裡的塵暴
連同妳也一起捲走了

捲走的是過去，今日明日及未來的你

我卻還活著

銀子
銀子，喔
銀子，他
既已放棄詩了
所以，請作我牧靈

初稿　2007/09/17
刊登於《吹鼓吹詩論壇》11期
收錄於《詩癮二》

十年後

我捨不得卻不得不訣別
理由妳知道的。

出了門，才想起沒帶鑰匙
繫好鞋帶，又渴了
寫了一首詩喝下
再出發，再檢查門鎖了沒
鎖了。真的嗎？嗯。
我和另一個我耗了幾年
終於可以走了。

遠走後才發覺懷念的鬼魅掉包了行李
裡頭只剩下一箱眼淚與宛如大腦的海綿
另一個我又道了歉說：門沒關好
走出了儲藏室的影子們籠罩世界
怎麼擦洗都頑固地站著黑著
十年來就像愈搓愈多徒勞的泡泡
從虛幻的詩從碎裂的意識裡擠出來。

結果忘了帶傘
天空又哭了。

初稿　2010/10/04
收錄於《詩一百》詩集

里歐的嗅覺

里歐躲在沙發後睡覺
里歐搖著尾巴聞我屁股
里歐在庭園裡挖了個洞
里歐找到海盜船長的藏寶圖
里歐吃掉了金幣與紅寶石
里歐藏了兩根骨頭
里歐與隔壁晝夜不安的小狗吵架
里歐含著一隻刺蝟玩
里歐咬死了幾隻笨鳥
里歐不喜歡住在狗屋
里歐爬上了百年老樹
仰頭嗅著百年前的味道
那時有沒有一個像我的詩人
養著另一隻狗一起尋覓著
找不到的海洋彼端
情詩的收件人？

里歐鑽進了晨間公園的濃霧裡。

初稿 2007/05/06

當我即將二十歲時的媽媽

〈壹〉

媽媽，別告訴我
家裡保管箱的密碼
先向右或向左轉動
數字、方向、圈數
都鑲坎在心頭裡

可是不要讓我記住
因為我可以記得住
但是我不能夠記住
不要讓我親手打開
我們曾經擁有的記憶

腰斬我應有的壽命也不要緊
只要能夠分一些給您

淚光、閃閃、擊落
鍵盤、上的
悲傷、片語

這些不光是1與0的堆積

媽媽，別告訴我
我應該當一個男孩子
要我樹立起勇氣
我的心中已經長滿了好幾個零

〈貳〉

門口安置著
父母親的拖鞋
朝內

〈參〉

我跪了一個小時
在一個卵石般大小的黃燈下

禱告
時，把身體完全地丟擲

分擔撒旦世界的苦難
分享我剩餘的壽命
不再為情詩而濫情
換一些時間來孝敬您

哭泣失聲
嘴角不自主的感傷曼波
當我起身時
失去知覺的雙腳刺痛得讓我無法動移

假使我扛起了世界
該有多好

〈肆〉

我們不可能不哭泣
當您在這樣的早年
就已經說了些
不符合時代潮流的話語
欠表哥的一萬零九百元
電器行黃老闆的賒帳
還沒拿老爸的皮爾卡登襯衫
大遠百妹妹還沒換的衣服
什麼我要照顧爸爸妹妹外公外婆
什麼這個那個也沒關係

我不要
我要您自己回來照顧
還有那些沒做完的
自己的事情自己負責

媽媽
您自私地上了麻藥
留著我一個人在夜裡哭泣

〈伍〉

媽媽

我好希望您現在來罵罵我

〈陸〉

手術終於結束了
我們漫長的每個
黃昏夜晚以及清晨

冰箱內一罐開封的海尼根
讓分秒都染上難以嚥下的苦味

那是我的第一次

〈柒〉

在遮嘴模式下
朋友的水果依舊
一顆顆茂盛起來
長滿了飯店般的病房內

微笑的問候
可靠的朋友
在手術後讓單程票加值不少

路過的流浪狗還是我都感動落淚

〈捌〉

我終於可以躺下了
不用擔心醒在一個似夢的現實裡

〈玖〉

啤酒是這麼難以下嚥地該死

〈拾〉

媽，我們等您回家

削蘋果

小時候，不知為何
自己削的蘋果
酸酸的，乾乾的
唯有母親才削得甜

我希望您回來
替我削顆蘋果
讓我見見那雙靈巧的手
卻又不希望您
替我削顆蘋果
深怕您將歲月也削去了

以後等我削了一顆
甜又多汁的蘋果
一定先給母親嚐嚐

二稿　2010/10/09

輯二

如果記憶不斷句會變成黑白的跑馬燈

側顏・唯美的D小調

覆蓋著新月的霜，在懸崖上張弓。

歲月已逝，你依舊魅麗如白銀的長劍，晶瑩而心痛地剖開我獸皮般的側顏。你的側顏，春雪融化的痕，在瞳眸如鏡般的湖泊上，輕舟不知歸屬的霧裡，淡然地曳。

徐風吹開一道晦澀的傷口：我們能一同航向未知的彼方嗎？

游移在時空的弦上，靜謐而不安地掌舵，哀與怒是註定的韻波，顫抖因不曾替天空埋葬過花朵，莞爾是為了聆聽彼此的季節。然而厄運露出永夜的尖齒，我被注入衰敗的毒，枕在你甜美的名上，呻吟你的側顏，直到故鄉緩緩靠岸。

倘使神責問，我們是否異口同聲？

青春的箭不響，是孤寂的默許，無悔地望著上弦月。請感覺流水，請感覺暖陽，箭羽消散成蒲公英前，請感覺到嫩芽再度於荒蕪的大地上萌發，終成一座生意盎然的森林，等候滿月的直視。

初稿　2010/06/15

小型革命以傻笑結束・詼諧的進行曲

鹼性燈管的光譜溶解於金魚藻的綠色，失去自由的眼神粼粼地酸，望著玻璃外的人海。

於是嚥下藍山的結局，偽裝，跨出日常的窗框，進入都市的峽谷，混入人潮，岸然擦肩，波浪是有些出入的，無人向陽，樓幢間黃昏的絲線格外珍貴。

格外，是種解脫，脫下渾身的科技與摩登質感，趕緊把大廈與橋樑摺疊收妥，晾起戒飲石油的慾望，踩扁車輛，吹倒銅像，把報紙燒了；太古之初，上帝給的就已足夠。

柏油路卻沒有盡頭。

頭顱的汪洋上漂流著黑與黏稠，映著夕陽，牽強地反射虛情的光影。許是Caffeine作祟，闌珊的新陳代謝，Theophylline鎖喉，平滑肌Relaxed，夜晚來了卻依見薄暮，氧……不足，理智的燃點失焦，血液pH值，溼，衡，冷，如今……愚，人乾，呵……ㄏ……

初稿　2010/06/17

冬，記京都

穿過時光隧道，回到明治時代，天空飄雪，我走在古色古香的東瀛城市中，與穿著紅色和服的舞子擦肩。

臉龐搽著白粉，小嘴抹著唇彩，倚著油紙傘，當我想看看她露出衣領的背時，彼此的眼神卻對上了。

水茶屋外，嘗著花見糰子，品茗宇治茶。她的象牙撥子在三味線弦上跳舞，我的嘴竟唱起日文來。松柏翩翩在風中，如舞子的扇與衣襬，伴隨著鹿苑寺的晚鐘。

走出超市。喝著抹茶。轉過頭。

我好似聽起舞子在微風中輕輕地喚我。

碩士生的我典型的一天

我很忙。早上。如果鬧鐘有能耐。嘆氣。把意識從魔鬼黏上拔下。最先起床。禱告。傷透腦筋想早餐。這部分變異性太大不談。再夾個三明治給妹妹當午餐。典型是水煮蛋切片加火腿，偶爾還夾芝士片。這中間得找個時間去小便。刷牙。洗不洗臉看心情。頭髮就算了，我很忙。等她起床。就飆車去學校。不想遲到。還是遲到。然後慢慢回家。後頭沒車不踩油門。因為不想回家。因為不想開始新的一天。回家。休息就算了，我很忙。咖啡忘了泡。再泡。早餐就算了，我很忙。帶里歐散步。一直嗅一直嗅。撿大便。嘆氣。中途盡量避開行人與行狗。奇異狗都很假狐但很吵。禱告。嗅半個鐘頭左右。回家。蕁麻疹發。癢。沖澡。如果早上有課就出門。不然下午有課再出門。頭髮自然自然了。著裝。陰鬱的鬼天氣又中猴了。雨落。我很希望人生有個句號。撐傘。腳溼了。看公車的臉色。上車。插卡。取票。坐下。太陽就出來了。嘆氣。禱告。又是三十分鐘。謝謝。不客氣。下車。雨又落了。撐傘。走去大學。繞過液態氮槽與停車場。被建築物的波滔吞噬。按電梯。禱告。上三層樓。到研究室找朋友。看看她們的臉就好。上課。一到兩個鐘頭。下課。唯一的快樂是中午和她們吃飯。禱告。吃完了。有事就留下來。與鍵盤拙劣地跳舞。與螢幕瞪眼。沒事就回家。撐傘。腳溼了。看公車的臉色。上車。插卡。取票。如果是四五六點就很沙丁魚。不見得可以坐

下。禱告。嘆氣。又是三十分鐘。謝謝。不客氣。下車。撐傘。走回家。回家。四下無人罵句髒話。晾傘。換衣。心情都溼了。禱告。泡咖啡。回家就有事了。課業是永遠不滅的荊棘。刺手但必須除。開工。做作業。傷透腦筋想晚餐。雞胸肉忘記化冰。肉醬沒了。昨晚吃過泡麵。做作業。白酒蒜茸海鮮炒飯。沒蝦。有魚丸。又渴望句點了。我只能用手畫出句點而已。禱告。作家事好了。客廳。掃狗毛。院子。撿大便。四五月可以撿果子。但全年撿大便。我自己則隨時有機會就大便。到房子旁邊。那扇白柵門卡了半年。四下無人罵句髒話嚇嚇它。開了。打開紅蓋子。丟大便。蓋上紅蓋子。讓兩隻老虎去關白柵門。雨一直下。進屋。禱告。每三四天洗衣服。衣服洗了又忘記晾。晾衣服。不摺了，我很忙。做作業。房間隨時要整潔。妹妹的家教每週在我房間報到。有沒有錢？領了領了。四下無人慶幸地罵句髒話。戶頭有沒有錢？房貸又要付了嗎？水電費阿哩阿扎繳了沒？上網檢查。下網作家事。洗碗。等熱水器。讓里歐出去小便。好冷。還在下雨。除溼機的紅燈又亮了。彎腰。抽出。倒馬桶的水槽。置回。啟動。忘了還在洗碗。洗洗洗。手好癢。念書。做家事。累。想句點。嘆氣。累到忘了想句點。睡了一下。想看電視但算了，我很忙。嘆氣。作晚餐。這部分變異性太大不談。四杯狗飼料。又被嫌沒肉。吃肉是殘酷的，我說。做作業。忘記小便。做家事。

如果太閒就寫首詩。研究2012年的大學去哪裡念。希望2012年世界末日。又是句點。禱告。做作業。念書。考慮要不要泡咖啡。做作業。累。就這樣子一天了。沒有憐憫。連想看妳笑也只能看XD或哈哈哈。四下無人罵句髒話。夜晚來了就閒了一點點而已煩惱就醒了。想到再幾個月又要驗車。想著牛奶火腿麵包蛋夠不夠。嘆氣。蔬菜水果有沒有？門窗關好沒？報告幾時交？明天會不會出太陽？想到母親病情復發。手機需不需要儲值？想到自己臨終時旁邊有誰在。合氣道想練。武育會搬到西邊那個什麼鬼地方。神流館太窄。初次去就受傷。今天整天左腳都在痛但我沒因此罵句髒話。見不到妳了。嘆氣。每天都很忙。想要見見妳。見不到妳了。反正只是朋友。念書。煩躁。累。想句點。我只能用電腦打出句點而已。日文檢定已七年沒考。走到月光下。把琴，摩擦弓弦。愚音自娛。想不想交女朋友？想。對不起。如果她可以煮飯給我吃。然後用像對待被遺棄的小狗一樣的眼神憐憫我。我會乖巧地躺在她的大腿上一輩子。想也是白想只好去小便。刷牙。把年曆上的一日劃掉。禱告。禱告。禱告。蓋上棉被。失眠。累到沒力氣睡覺。夢裡也只有煩惱。而妳也不會捨個半分鐘給我。反正只是朋友。累。對不起。事實上我是心理變態。我想成天監視妳。洗了幾次澡。偷挖了幾次鼻孔。累。沒有。事實上並不是這樣。反正只是朋友。對不起。我沒有閒監視妳，我

很忙。嘆氣。反正只是朋友。而妳也沒有閒理我，妳很忙。對不起。忙到從來不會主動說聲嗨。反正只是朋友。對不起。就像是走廊上的滅火器一樣。對不起。火災時嘆二氧化碳。會不會有一天就像滅火器一樣口吐白沫呢？我死了妳會不會可憐我？如果是燒死的呢？喔，主啊！對不起。累。睡了。對不起。鬧鐘快響了。睡了。對不起。我很忙。

　　　　　　　　　　　　　　二稿　　2010/08/05
　　　　　　　　　　　　收錄於《詩一百》詩集

輯三

如果在咖啡廳撿到一張與筆共舞過的衛生紙

游泳池

於是　雨落了
朋友紛紛穿上雨衣
我穿上的這件水藍
滴不到水
卻溼了一身！

二稿　2010/10/02
刊登於《文學人詩報》第三十期

人與牆

朝陽灑上圓顱、臉龐、胸膛……
然而牆後沒有夕光……

我們的真性被拖長。

初稿　2002/07/20
刊登於《文學人詩報》第三十三期

秋風

熱帶魚
　衙著樹枝
　　隨波洋溢
　尋找上一季的暖流

二稿　2020/08/12

流星

畫破夜晚的寧靜
黑紙溢流出無聲的尾光

就在瞬間過去

第五頁

訴說過往的底片已然停格　夢逐漸失真
一切都靜了　包括隱喻及祕語的喧嘩
晚風躡著貓步　回憶起棒棒糖的春天
在這個光與影對立的城市
你願發亮　亦是迷藏？

大波斯菊

夢鄉有風車　靜坐在草原上
聆聽藍天身後似無的時光齒輪
將流逝的情景一圈圈捲起　讓神慈祥的雙手
以天國棒針交織她的詩　與大好時光
安眠少女的心

交通安全

老師說要小心過馬路——

—所以我和小斑馬——

——手牽手，等綠燈——

——而那輛車慘叫一聲——

———小斑馬就消失於—

————白色的森林了。

二稿　　2004/10/02

想念

小房間內
背對著夜窗
風伸手進來
柳條碳一筆筆
交錯地織成自己的
一盞月光

初稿　2005/10/10
收錄於《愛戀小詩》

成熟的啟航

父親說：
波浪是大海隨風漂泊的頭髮。

那父親，我問：
為何在潮起汐落間
大海就已經白了髮梢？

父親回答：因為，在椰子成熟的時節，
孩子總冒冒失失地往未來揚起了帆。

二稿　　2020/08/08

自由

雨滴流過高山
溪水注入湖泊
刷清河床
拐過石頭
如果不能寫詩與戀愛
我願作那石頭

初稿　2005/10/10

一生

住在一扇默片中，物質索求——
黑寡婦在深夜紡織惡夢，捕捉前夫
生前的高潮與死，寫入孩子床邊的故事中
他們總為生而死為死而生，因為理想
遙不可及的蜂巢，傳承與靈魂會在子宮中重生
——寫入下一代的眼眸，繼續做愛與死亡
——這是黑與紅色的無語窗框

刊登於《吹鼓吹詩論壇》第四期

讀書，並且挑一盞燈

整夜僅有一盞燈伴我
書、筆、以及右手
形成完美寂寞的構圖

滾落桌面的葡萄
敲響了沉澱許久的
螢光蟲——我想念妳
以及妳身處的星球

初稿　2007/05/06
刊登於《創世紀》詩雜誌156期

忍者

影子，告訴我
如何不被發覺
····················
······你不說但
我瞭解了你的
伎倆············

初稿　2008/08/02

為何

紡織愛
紡織歲月
紡織葡萄酒的甜度
紡織慣性月光的眩暈
紡織惰態女人的口紅菸絲
贈給鐵匠
好換來一把不利的
剪刀

初稿　2010/08/06

耽情詩景

雲飄去何方
雨落在何處
歲月的步履為誰駐足

太陽花開
含羞草闔
深情的眼眸為誰張闔

微風輕輕咬著耳朵
落葉漲潮成近海的秋
盪漾著一種顏色叫作寂寞

初稿　2010/08/28

不願面對的事

遠遠地飛
走了

帶著
全宇宙最美麗的玫瑰

只剩
哭了遍地的刺
與我

二稿　2011/06/04

魚尾紋

阿祖夢見空襲的午睡
阿嬤嚼著番薯葉湯的童年
阿母揹我走過的歲月
游著游著，遲早一天
游出了我的淚水

初稿　2012/09/24

剪刀

只能掌握擦身的知足
因為
刀鋒的相愛足以致命

初稿　2010/08/11

幾秒的冬季隨筆

我們就柔和地從穹蒼給陷入沉睡的街道
披穿一件外衣，路燈就此不再抖顫。
都市的雙眼，頓時亮了起來。

遠離聒噪的氣息到視網膜後的鄉間
躲藏。趁酒窖外的白霙醇醇之際，
給春夏秋一處溫暖穴窟，冬眠。

迷路

那年的路伸進大霧裡
周圍瀰漫著浸溼的玻璃
至今仍看不見天空與妳

初稿　2014/07/21

曖昧

愛是一生的承諾
　像一朵太陽花在
未放晴的季節裡

初稿　2014/07/21

偷偷地

手指在影子裡跳舞
抽籤　看看調皮鬼是誰
再偷偷地追　然後　偷偷地

初稿　2014/07/21

背棄

再也沒有藉口
來填滿祢空虛的眼窩
看不見景色
淹過死寂的山
捧起倒置的湖泊
鏽了整夜的針氈

初稿　2014/09/03

道別

安靜的
走進透明雨衣裡
放風箏

斷了線
彷彿
牽一座海洋
名為記憶

夢中雲海這麼藍
最後不用
下一場雨就好

初稿　2015/05/24

從中二病至決定主義是一種慣例行走

輯四

如果人生不留白的話
是否就有足夠的色彩來構思圖象

憂

彼岸。
海的晨釪稀釋了妳

日頭尚未
一群鉤沿崖垂釣著
一群漁夫。

妳的裙擺
欲

　　　　　　　　　飄

又止。

我的

憂。

二稿　2004/06/18

五十年後誰來？

、（高跟鞋尖

、──（背影開啟

、（走

、

、（來

、

、（一個人）

……妳來了嗎？
半世紀後舞池不再
我沿懷錶的側臉公轉漫步
老了依舊每週
「歡迎光臨。」

請於月光前回身

空氣有鼾息，彷彿五十年前
一場場空襲的殘骸，掌聲

是如此安逸，死亡得如此整齊
彷彿疑慮不曾質疑我們。
戰車衝破玻璃窗不治的夢
晶沙雨線間人群死命地逃往
通往明日的防空洞。

再於月光後回身

夢中的臉龐
　　忘卻歷史
絕望的赭漬
　　流入時光隧道
替代將至午夜的
　　寂寞嘉年華
交織一場
　　桌椅的華爾滋
等了一生
　　我在。
直到一天

直到一天我不能走了
起駛夢的夜車
「先生，請問您至何處？」
「一直開，直到我走出夢境。」

即使現實回溯
半世紀初，我還會來

如果全世界都建起橋樑的話
我們是否可以彼此認識包容並接納

蛹

修羅紡ぎ
世界を著替え
野火で咲く

紡織著修羅
順勢替世界更衣
以野火綻放

Pupa

Weaving the Shura.

A new outfit for the world.

Bloom as prairie fire.

Poet

It is an unnartual propnsiety
To look at the wolrd from kene-leevl
Yet from the colud avboe.

Psyphacoth they may say,
But this is the path cheosn to pass the day
In frnot of a mirorr, a cmmoon secne,
One prseon, praicticng psittacism,
Two difrefent facres no one has eevr been.

Lkie a sart in the ngiht and a leinone saprk in the sdoden lair,
Tihs is an age wehn man wars for paece and from paece skees war.
Eevn a stenimtaenl lteter has to be elxied, in tihs age,
Itno the vrey dceent croner wehre one may coamuflage
Eevry wrod tranrmsfoed, to gibberish-like aivan iodim.
Tmie is lveaing hree and trhee from the vrey srtat,
Poets veiw the tmuult of scohol gurond cseaed to brun,
——There is nothing we can do.

But wehn the wrold sveerd slpeling blady, let's slpel it rhigt.

Tehn smoe mgiht flolow, remnae poet, so taht

A tinkle of fairy dust grows in the dark,

Then resurrect the mmeories of this trodden earth, and say

Yes, I am.

私の肉体を静寂に

私の肉体を静寂に。

水玉から落ち生まれた、
浮かんでいる生け花、
将来の何でも知らず、
枯れながらまだいきたい、

水面上、漣の迷宮に回転（まよう）かも、
運命の釣り竿に捕まれるかも、
けどな、できれば、
私の満開を滅ぼせ、
私の顔色を盗め、
変わらないものは、いつも、

心の真っ中にあの花の見える景色、
度胸ない奴めが見えない景色だ。

原稿　2006/10/24

想い

小さい部屋の中
夜窓を背負う
風の手が伸び入れて
柳の枝で少しずつ
交わって紡ぐ
自分の月明かり

原稿　2006/04/14

寂しさを海の様に

もう一度わたくしは此処に来た
無声な図書館のはずなのに
木霊が紙の迷宮で繰り返し
靜寂は贅沢だ。人込みの中
波は次から次へと
ペラペラページの哮とともに
飛魚は空を踊っている

わたくしは遠洋の蛍光魚みたい
暗闇に自分だけが見えることは淋しい
もう何かの大きな口に入った様な感官
海の底で水銀になったわたくしは
黒の一部分にとけたい

原稿　2008/04/14

寂寞以海的樣子

再次我來到這裡
儘管應當是無聲的圖書館
回音卻在紙的迷宮中迴轉
（宛如樹林中的精靈）
寂靜是奢侈的。人群中
波是一道又一道地跟著
兮兮地外國書頁的咆哮
飛魚正在天空中舞蹈

我宛如遠洋的螢光魚
黑暗中只能看見自己是如此寂寞
彷彿已進入了某張大口的感官
於海底已成為水銀的我
欲容入黑色的一部分

原稿　2008/06/11

お前の変なユーモア

ニュージーランドの冬が至った時には
言いたいことが全部霧化。
凍え過ぎた唇が早死した桜の様に
雪の踊りと静寂に落ち込んでしまった。

微力でも失った椋鳥が屈伏した
お前の変なユーモアは無情、
一つも残らなくて残酷な風雨
全部を取り除きました。

「な、お前、こういうのは
何のユーモアだ？全然可笑しくないし、
わたくしをバ力にするつもりか？」と
言いたいですが、怯える。

「遠くでなんでも聞えない彼方
真っ白より白い彼方」の恐怖症。
それはわたくしの病気。
「あっちはなんでもねえ白翰海だろう？

いやよそんな死亡に臨んでいるとこ、
何でも怖いよ。何でも無い所も怖いよ。」

どんどんわたくしは
翼が萎縮して降参した椋鳥となり、
飛び方を忘れ、お前の変なユーモアが
意識で満開して殺意の花に綻びた。

原稿　2008/08/03

妳詭譎的幽默

紐西蘭的冬天到來時
欲出口的話語全部霧化
過凍的脣瓣如早夭的櫻花般
在雪舞中寂靜地衰落。

使得失去微力的白頭翁屈服
妳詭譎的幽默是無情的
不留下任何一個的殘風酷雨
把全部都剷除了。

「喂，妳呀，妳這究竟是
何種幽默啊？完全不好笑
是把我當笨蛋嗎？」
雖然想這麼說，卻膽怯。

「遠遠的什麼都聽不見的彼方
比純白還要潔白的彼方」之恐懼症
這是我的隱疾
「那裡是啥都沒滴的白沙海吧
討厭啦那樣瀕臨死亡的地方

什麼都好恐怖喔。
什麼都沒有的地方也好恐怖喔。」

漸漸地我成為了
羽翼萎縮而降服的白頭翁
忘卻了飛翔方式，而妳詭譎的幽默
在我意識裡滿開綻放成殺意的花

初稿　2008/08/03

I Carry Thy Words with Me

A traveler, destined to be alone.
On the road he kills sins and dangers,
Righteous he remains, yet no one
Stays on his side. He smells the
Flowers, for they are lovely.
But flowers have no feet and
Know not how to walk, hence
They walk with him not. Alone,
The traveler keeps on walking
This road of dirt and blood-shed.
He desires for hell, for heaven
Seems not to exist. Hell
Seems to be an easier answer
To destroy all humanity. Confused
And alone he becomes, his feet
Feel like hot springs of numbing venom.
Dehydrated, frustrated, succumbed.
Traveler tries to listen for chorus of angel
And to see the light behind shrouding clouds.
The only thing he has in his pocket is faith.

May God be his shepherd and his sight,

For he alone can suffer no more.

He is only human, weak and pathetic.

He cannot finish his journey all alone.

When it gets too quiet, grant him whispers of breeze.

When it gets too dark, grant him pleasures of fireflies.

Let him pick a flower, and put her in front of his shirt,

Closest to his heart. Teach him how to love,

For love is the greatest of all.

Let him be in solitude but not loneliness.

Then to the end, he shall travel.

初稿　2010/08/07

我帶著祢的話語

一個註定孤獨的旅人
殺盡了路上的罪孽與險惡
是個義人，但沒有人
肯待在他身旁。
他嗅了嗅花，為著花的美好。
然而花沒有腳也不知怎麼行走
於是她們不與他同行。孤獨地
旅人繼續行走這條塵囂染血之路
他渴望地獄，因為天堂
遙不可及。地獄比較像是
摧毀人性的唯一解答。困惑
而孤獨，他的雙腳宛如
麻痺毒汁般的溫泉。
缺水，躁鬱，受創。
旅人試著聆聽天使的歌班
與蔽幕雲層後的光芒。
他口袋中僅剩著信仰。
讓上帝作他的牧者與視線
因著他已無法獨自承受。
他只是人，軟弱而無能。

他無法孤獨地走完全程。
當世界太安靜了，便賜他微風的細語罷。
當世界太黑暗了，便賜他喜悅的螢火蟲罷。
讓他摘起一朵花放在襯衫上最靠近心房的位置
教他如何去愛，因為其中最大的是愛。
讓他孤身而不孤獨，那他即可旅行至終。

原稿　2010/08/08

Ally

All it does is listening to the songs of wind
The innocent seedling spills light all over the ground.

Wanting to grow into a tree
It burns much thoughts
On the shape of blossoms.
If there is nothing else
The world would be under its shade.
Even Ally

Tree rings are ancient
Branches would eventually break
Even Ally says

Once the lips were buried
Those Ally
Speak not?

Time-picking and restart revolving
The seasons mature

The fruits become quiet

I embrace, if

I am a tree perhaps

Should be burnt alive perhaps

Perish in the miscellaneous fantasies perhaps

A leaf for Ally perhaps

Another for God.

Keep on walking.

Follow the shadow.

Tears and smiles are forbidden perhaps

Memories are not allowed, aren't they?

初稿　2013/09/09

艾莉

只顧著聽風唱歌
天真的幼苗
把光灑了一地

想長成一棵樹
在花的形狀上
燒了很多思緒　　如果
沒有任何東西　　天地
南北都會在樹蔭下
包括艾莉也

年輪如此久
殘枝終有落的一天
就連艾莉　　說

曾經埋下了唇
那些　　艾莉
不說話了嗎？

摘下時間重新
轉動　季節成熟
果實變得安靜
我擁抱著　如果
我是一棵樹　或許
該被活活燒死　或許
死在繁雜的幻想裡　或許

一片葉子給艾莉　或許
另一片歸給上帝
繼續走　跟著影子
不能哭　不能笑　或許
不能回憶　對不對？

初稿　　2013/09/08

Dear God,

You gave me life-
A life I never asked for.

Your failure is us,
A burden that we now must bear.

You ask for recognition
That, I do, grant You,
Against all the atheists' grinding, skeptic teeth,
For every capital letter that You deserve.

Yet You ask for my love
Letting the seventh day remind
While not responding to my cries
My tears, my agonies, my sorrows
And all the pain that
You have inflicted and connived.

The righteous live and the righteous die.
Righteousness could not save them

From falling planes or crashing buildings,

Sinking ships or drowning souls in that cold, wet abyss,

Dancing bullets, shining knives, singing bombs,

Fireworks of anger, nectar of grieves,

Petals of melancholy or fruits of truth.

When has anyone seen a righteous been risen

Except for the abused son that flew away

And never to return again?

People live and people die.

People sin and they are fine.

They are FINE in their own congregations

Of boozes and bosoms and drugs

Of needles and dicks and truths-or-dares.

Balance shifts, and I lose hope

For Your empty promises that lasted centuries long.

Every day I used to pray

For the ones I love and the few I hate.

My life a lotus and will continue so.

Wind belongs to You and my soliloquy mine.

Wind will blow how my soliloquy go. But

Nowadays I have stopped to play.

Guess what,

(but You must have already known that)

I have lost my patience.

I have lost Your hope.

Keep Your faith and Your Words,

And all Your self-justifications.

You don't play fair, that's fine.

We mutually forsake.

That's fair.

初稿　2014/04/18

Goodbye isn't the last word you spoke
by Rob Chen

Goodbye isn't the last word you spoke

But a song, so old

I heard you singing it all night long

On the upper floor

I knew, you were recollecting time

And secrets never told

93 years, a tree can grow up tall

Now we are standing in front of you

Sighing, against the flood

珍重並非妳最後的話語
羅拔／余學林翻譯

珍重並非妳最後的話語

而是一首蒼老的歌

我聽見妳在樓上

吟唱了整夜

我知，妳正回想著那些

不曾訴說過的歲月與祕密

九十三年，一棵樹得以茁壯

如今我們站在妳的跟前

面對著洪流，歎息

さようならはあなたの最後の言葉 ではない　羅拔　作／余學林　訳

さようならはあなたの最後の言葉ではなく、
年月が経った歌だ。
上階からあなたの一晩の吟唱が
私は聞こえた。
知っていたのだ。あなたは言わなかった
歳月と祕密を回想した。
九十三年、木も高くなれる。
今、私たちはあなたの前に立ち、
洪水に対し、溜め息をつくさえ。

如果特調可以有兩種滋味又得以入喉的話

情詩061206號 feat.山貓

門鈴響起的瞬間
曾排演過的蒙太奇寫入眼眸中

該在人世以外的地方摘下眼皮上的葉片
放在每日早報的頭條裡
那張最醒目的人臉

隔夜的茶我們忘在心裡
灑入梯田後等待春天

搜索一遍唇上的鑰匙
鏽得回甘回苦
並且有百摺的字句在望向你的窗緣
清楚徘徊的噪音

一個踩碎落地枝葉的男人
被一隻黑貓牽行著

步履沒有一頭自由的蹬羚
會深深地放下心感歎
苦一向蛇行

扭曲了道路，顛簸的
思緒與孩童時代相異
那個時候還未嚐過
冰冷波瀾後隱藏的
成年後那股鹹澀

讓海的泡沫梳理你的真理
那麼多年後一定會有殺人鯨擱淺
游向他們未能進入的陸地
專情的一向是紀錄的海灘
和久久不散的棄屍味

在很多鼻子寂寞的巢穴中
存在逐漸蒸發

漂流木經過海蝕洞下
一種觸摸頂端的渴望正打開得洶湧
響著想著

情詩061212號 feat.山貓

我可愛的小女孩們脹大的泳衣群
由槍聲集結在白浪裡躲過防曬油
不夠舒適的陽光滾來椰子樹影

躺著的魚睜眼不說斷線前的電話聲
爆破的泳圈響不停

粉紅蝴蝶飛走的蝴蝶結在風中四處紛飛
水藍男孩的泳褲印著的問號
在起伏之中勾住一隻鞋子的皮

海蝕平台上快要散開的一雙涼鞋仍在沉睡
渴望移民的缺角海星蠕動著
一艘失去方向的僧帽水母蠕動著

活著的燈還在家溼淋淋地在少年眼裡
小女孩的白色洋裝披在他的臉上
一皺一皺

不會再有新鮮的小花兒緊接著
一朵盛開的珊瑚環礁花園中
三種生殖方式在恐懼在分裂發芽再度
有一些帶著萎縮的快樂
從這裡壯大的人群
被巾著網所圍困
呼吸管朝上
長出蹼的雙腳往下
從來不像比目魚般
選定一個方向凝視

黃魚非情詩 feat.霖晟

一站又一站便當的叫聲
在夏午的列車中悶燒
我們都餓了，在疾馳的風景裡
車窗發出鼓轆轆的哀鳴

滴滴被風吹落的稻穀
在情感中揮霍
誠如我們總是奢侈地
偏執，於牆垣上童年的彈孔
鐵馬被蒺藜限界
一條無法左右的通行
衍伸直到跟前

直到焦慮的驛站
直到脫下了蟲足的鞋襪
以漸近式的
火車便進站了，在夢的藩籬
行經鼾聲的剪票口
清數票根時忘了窗景

回度輾轉的蟬聲
冥冥之中我們選擇遺棄

然而我們卻沒有餘力耗損
從幾度摘下的星光詮釋，一枚隕死的礦石
質地清泠若牧童的笛聲
一旦側耳傾聽
冷不防地還和著氣笛嗚咽
久久還懸在腦後

晨間高吊的露珠
記憶的顏色被打透
以三菱鏡望向走光的城市
有虹彩是我們高舉的旗幟
等待流浪的遊行
人滿溢出樓叢間的街道

那是我們航行的跑道
正如我們慣於飛翔的祖先
我們更擅長高空彈跳

在矛盾中游離徘徊
欲解開環節又不得鬆卸
那就是生命中的鉛垂線
爬著一隻毛毛蟲
慢慢駛入蛹的階段
孕育夏天

從中二病至決定主義是一種慣例行走

如果有天我忘記愛情

那我只好擁抱一個恨我的世界

羈絆

是什麼死纏著我呀？
我搔搔頭
綁滿木乃伊長霉的布帶
不知有沒有死斑

唉呀呀，抓抓頸
是另一半用幾滴血的代價
換來的圍巾

一本Playboy環著
我的延伸
而之下

還有三個小鬼頭抱緊腳
難不成，會是她摟著腰？

三月二十，我的偶像

不知道哪一天開始的
好多人都背棄了耶和華與佛陀等
遺忘聖經、金剛經或可蘭經
各自對偶像囤積泥垢的腳指激情熱吻
有些，還於公眾場所重溫三字經

我側躺在危樓上打盹
這還算不算一首詩啊？我問
夢語中，路街巷道的傷縫
都是藍與綠交織
串插冷凍蒜頭大拍賣
世界已然雙色調化
今天，詩人還能生出什麼詩？

恩愛夫妻高速公路上隔空叫陣
麵攤前國台語也能紛爭
就差賓拉登與他的勇士尚未行動
喔！主呀！這的確像世界末日

罷了！
如果明天後的某天我們結婚
就讓我愛妳比我的國，多
一
點
點

其實我
也在偶像崇拜
只是，妳的腳腳
很乾淨

二稿　　2004/03/24

老師也有錯的時候

《草莓奇異果》
老師也有錯的時候
地球不是上帝的旋轉木馬
嚼著黃蓮口味爆米花還得笑
好甜好幸福的世代

《耕耘收穫》
老師也有錯的時候
心園中耕植一萬年又一萬年的雨林
總是遭受剷除以製悲傷供給方便
不然為何妳不像我愛妳一般愛我？

《嘉年華會》
老師也有錯的時候
世界隨時上演著嘉年華
眾人臉龐發紫潰爛開始壞死
深夜中面具律動的嘴角強撐著腎結石苦笑

《似水的年華》
老師也有錯的時候

總說我會有一番成就
我不過擁有雙齷齪的手
按摩時光發癢的肚皮罷了

初稿　2004/12/21

當記憶一覺醒來的時候

當記憶一覺醒來的時候
就忘記昨日是什麼神話
起身的九十度角
是乾燥的驚滔駭浪
浪花綻放在嘴裡
泡沫假設是記憶
全落入曲折的下水道中
而我還在，嚥下一顆太陽
三口奶茶，繼續創造記憶
紀錄那隻紅獸的腸胃
以及我是多麼不易消化
牠將遺骸吐在大學門口
於是我又復活
這是今日神話中的重生章
一切都需要時間醞釀
神話也需要時間撰寫
在眼耳長出來前
一個早晨已經被教授催眠
偶發性地味蕾整齊一致地出列
迎接太過於油膩的未來

這是今日神話中的吸油記

下午忙著咀嚼上午

黃昏從口中吐出

籠罩公車回程

徑走之餘可能日行一善

指引老先生公車路線

攙扶足疾老太太過馬路

這是今日神話中的扶老錄

當我踏入家門

廚房的母親聲

在我回房的兩步後勒住我的脖子向後

在每一個兩步中退後三步

多次臆想冷酷地轉身都做不到

成績於是一路重挫

以漲停擺的紅色

這是今日神話中的紅色傳

餐後洗澡

泡沫再次回到我身邊出沒

如魅影，在浪濤之前

浪花又再次打擊著口腔

最後，是夜
當記憶一覺醒來的時候
就忘記昨日是什麼神話
但是我可以如打鐵般篤定地雕鑄出
昨日的一切就是神話
如此的箴言
日記如是說

初稿　2006年末
刊登於《吹鼓吹詩論壇》第四期

有些戰役只剩下慘痛的畫面

大地沒有血流汨汨
集結成槍響的雲終究追散
繼九二一後沒有類似的砲火聲
只剩下一名磨指甲的青年
近其一生都磨蹭掉了

原籍廣東，家鄉的大宅群落
被無形的火一幢又一幢地沒收
親人在兵燹中支離破碎
或許在孩子的頭上戴頂刺傷自尊的尖帽
吊在脖子上的大牌遊行
看啊，他認識我
我曾是一名持槍的青年

投奔自由的路線
廣東人都耳熟能詳
我卻從來記不住
我幸運不曾如此押注過生命
只記得其中一處的岔路
絕對不能走錯

當你抱著洩氣的籃球
漂浮到了香港
那裡的路人會扶起你
替你尋找你的血脈
替你安家樂業

ㄋ，ㄐㄧㄚ，ㄌㄜˋ，ㄧㄝˋ
我們是如此的
孤身的
其中幾個死忠地相信
「反攻大陸」
「解救受難同胞」的口號
慢慢地傷疤都已經淡去了

慢慢地
幾十年慢慢地
兩岸之間的一條涓涓水流愈漸乾涸
重返的日子浮出水面
那些值得信賴的都已經走了
老母在不年輕的歲數辭世

幾個心愛妹子不知去向
剩下一些長大的、後生的、不曾見過的
他們的血與我再也無法融洽
彷彿我們不是家人
我把襪子內褲都脫給了他們

這座島嶼是家
一個曾經持槍的青年的家
年輕的一代聽不懂我的口音
掃除小學操場每日的清晨
落葉的數量與口袋不算少的鈔票
每天當成蠟燭燃燒
火光中我忘記昏黃
「反攻大陸」
「解救受難同胞」的口號
隨著他們一個個離去都沉默了

有個星期日，我
用血流梳洗過澡
穿起了霉味的軍服

勉強合身
盯著藍天彼端開過的第一槍
在巷口坐著小板凳
磨起了變得黝黑的腳趾甲
腦海中砲火聲迴響著回想著
近其一個暮晚都磨蹭掉了

初稿　2006年末
刊登於《吹鼓吹詩論壇》第四期

多餘的人

對於多餘的人
不可以暴虐方式消除他們
必須以懷柔政策去感化
免得你們也變成他們

他們的臉龐很好認
他們喜歡冷凍蒜頭
他們把空氣摺疊成字句
他們口袋裡總是比我們多一枚銅板
他們不愛履行合約
他們嘴中孳養著蛇
他們可以把書本倒過來看
他們在當選之後都得了正義與真理的詩意症

那的確是個好人混不太進去的族群
不然我早就當三軍總司令了

初稿　2006年末
刊登於《吹鼓吹詩論壇》第四期

異地

曾否幾時，開著車
在家門附近迷路？

慣習，車禍衝入賭場
每次失言被諒解的賭盤是兩千三百萬比一
蜘蛛不能唸成錙銖，一抓到把柄
我們就註定被掀開筋骨皮肉
好像我們住在一個人不能說錯話一樣的
聖地

還有呢
疾疾如律令
下班放學後一幢幢的飛影
在城市之間沉起浮載著回家的力量
連一絲微笑的本能都喪失了
能量守恆
畢竟目睹一次莞爾的衝擊力
足以改變一個人

太多太多
再寫就要丟筆了

值得慶幸的是
這座島嶼
還有些像我這樣迷路的人
還傻傻地憨笑著車禍著
記得群居的道理

初稿　2006年末
刊登於《吹鼓吹詩論壇》第四期

排・古・組・今・錯・生・置・死…

排開蓬萊島嶼各處
乃至中央山脈平貼搜尋

古昔的流浪和尚、民歌手
武師、少年噶瑪蘭

組成一篇篇史詩般
圍攻心胸的千軍萬馬

今日炫目的是日本曙光
是席捲的高麗寒流

錯認家鄉裝載不下普遍青少年的靈感
攸關愛情、友情、熱血、那些青春的意象

生要懂得欣賞
以及自己的掌紋

置身無盡的感動
假設我看不見

死去的
是我的眼睛

初稿　2006年末
刊登於《吹鼓吹詩論壇》第四期

閃光！愛情圖騰頹傾後儀式更華麗了

開擊一槍粉碎胸口的愛情圖騰
心臟降溫同時想著葬禮進行曲目
獨撐過孤冬的最後一份心意從葉柄上
弔起山丘上一隻憤怒插天的嶙峋爪
破裂的質量變得沉重難以掬起
水色藍華的青春塞滿酒瓶
一齣戲碼至起呈轉時變得不堪入目
眉間嘴角四肢等等勾上無形的鋼琴線
傀儡化作儀式更華麗了
楓糖花蜜在口中再也不甜
只剩一處燃燒的心臟
撲通撲通輸送恨意
燒盡野火熊熊

開擊一槍粉碎胸口的愛情圖騰
心臟降溫同時想著葬禮進行曲目
獨撐過孤冬的最後一份心意從花柄上
爬出一朵異端孤挺照亮天空，閃光
愛情圖騰頹傾後儀式更華麗了
燈塔光弧內的整齊稻田

黃金粒子點點滴滴睡入夢土
遺忘總在瞬間
貫穿人間
幸福終將發芽
最初的愛情圖騰如是預言
至死不渝

初稿　2006年末
刊登於《吹鼓吹詩論壇》第四期

穿越！狹窄騎樓塞滿炫目的死板印象

道路彎曲地站了起來
必須憋氣才得以穿越嗩吶的叫聲
舔腳的排氣管理伏著炙熱的舌苔
夜中我們不在霓虹燈中迷路
只是眼睛被縫上了
眼前的空氣是汙濁的
黑影抓住腳踝
緩緩停下
在狹窄騎樓塞滿炫目的死板印象中
融化，像一顆失溫的冰塊
吹走的水氣終究在原鄉或異鄉落下
雪人死亡後總在十二個月內甦生
堅如受繼的掌紋，一絲一縷地
揭開生的言語的一筆一劃

脫去狹窄騎樓塞滿炫目的死板印象
紫外線渾身照射導致燃燒熊熊
生命揮發，蛹後的人

初稿　2006年末
刊登於《吹鼓吹詩論壇》第四期

你七歲的奇幻大冒險

你或許已經忘記了七歲那年
某個星期一二三四五六的某個早晨
人行道上破損的紅色磚塊
被當成跳房子般躍行
直到電線躺臥地面的黑弦
以及一棟棟建築物的沉沒
你才發覺學校迷路了

然而七歲那年你
並不懂得替學校擔憂
你還害怕被鐵門一口吞食
密碼OX1234才能逃跑

不過你輕盈的腳步緩緩沉了
格子消失，你發現這個世界上
有不平坦的路存在，是土黃的
一種從未觸摸過的色彩
一條直尺與圓規都繪不出的線
活生生地被你踐踏著
你以為你拾起了石子

卻是你畢生第一顆彈珠汽水的寶石
時光激流上，你打了七個水漂兒

沒有人看見你走進森林
青葉是翡翠，枝幹是琥珀
（想起這個字你吃吃地笑了一下）
竹蜻蜓，紙蝴蝶
你期待至少其中一隻可以
在你的肩膀上做一個春天的夢
一隻、兩隻、三隻
全部散成跟前的零碎花瓣
來不及，沉重地
全部都再也撿不起來

撥開濃密樹蔭
天空有朵雲
你伸出意象的觸手
揉成了一隻小白兔當成你的坐騎
往山頂的方向或許可以找到家或學校
找家好了。任誰都這麼想。

黃沙滾滾，地心引力變得陡峭
晃眼你的小白兔變成黑神駒
你開始覺得這樣似乎比較合理

你忘記你錯了，一大片厚重的灰夾克把
山峰包裹得緊緊的密不透風，才怪
風吹得你站不住腳，飛砂在眼睛裡打轉
眼淚構圖一個男人與一個孕婦與一把劍
嚇到的是你，哭啼是一個嬰孩的職責
當他掉下了山谷，視野豁然開朗
當你看見了光芒，就看見了光芒
當他長出了翅膀，你懂得信仰

你開始相信世界是美好的，即使
你在歸途失去了你的神駒，即使
屠夫們穿起筆挺西裝打起領帶
「殺害這名婦女與嬰孩的就是……」
你來到了盆地上的小法庭，宣判時
法官打了個噴嚏，手指變成指著你
於是你的腳步變成了鐵球，你忘記如何跳躍

不過密碼OX1234背負罪名
你拖著一座沼澤中央的監牢逃跑了

你或許已經忘記了你是怎麼回到學校的
尋回的紅格子某些踩下去就會崩陷
子彈從路人口中咻咻地交織成天空
指甲尖銳如刃，張牙舞爪，招牌路燈跌落
一輛輛小客車伸出隱形砲管，發射發射
橡膠與柏油，摩擦出一根根矗立的刺
你埋首向前衝刺衝刺直到你回到教室
點名後沒有人呼喚你的名字
你才發覺你已經不再是七歲了

你小時候要的是無敵鐵金剛還是芭比娃娃
我不敢肯定，不過要你馬上回答的話
你或許已經忘記了你是何年七歲
三秒、兩秒、一秒
時間到

此時你的靈魂可能躺在
台北捷運車廂的門前或
太魯閣的幽靜谷底試圖
想起七歲的奇幻大冒險
而你現在讀完了這首詩。

初稿　2007/03/11
刊登於《吹鼓吹詩論壇》第五期

語言文學類　PG2522　吹鼓吹詩人叢書45

從中二病至決定主義是一種慣例行走

作　　者 / 余學林
總 策 畫 / 蘇紹連
主　　編 / 李桂媚
責 任 編 輯 / 石書豪
圖 文 排 版 / 楊家齊
封 面 設 計 / 劉肇昇

發 行 人 / 宋政坤
法 律 顧 問 / 毛國樑　律師
出 版 發 行 / 秀威資訊科技股份有限公司
　　　　　　114台北市內湖區瑞光路76巷65號1樓
　　　　　　電話：+886-2-2796-3638　傳真：+886-2-2796-1377
　　　　　　http://www.showwe.com.tw
劃 撥 帳 號 / 19563868　戶名：秀威資訊科技股份有限公司
　　　　　　讀者服務信箱：service@showwe.com.tw
展 售 門 市 / 國家書店（松江門市）
　　　　　　104台北市中山區松江路209號1樓
　　　　　　電話：+886-2-2518-0207　傳真：+886-2-2518-0778
網 路 訂 購 / 秀威網路書店：https://store.showwe.tw
　　　　　　國家網路書店：https://www.govbooks.com.tw

2020年12月　BOD一版
定價：260元
版權所有　翻印必究
本書如有缺頁、破損或裝訂錯誤，請寄回更換

國家圖書館出版品預行編目

從中二病至決定主義是一種慣例行走 / 余學林作.
 -- 一版. -- 臺北市：秀威資訊科技股份有限公司,
 2020.12
　　面；　公分. -- (語言文學類；PG2522) (吹鼓
吹詩人叢書；45)
　　BOD版
　　ISBN 978-986-326-874-1(平裝)

863.51　　　　　　　　　　　　109017757

讀者回函卡

感謝您購買本書，為提升服務品質，請填妥以下資料，將讀者回函卡直接寄回或傳真本公司，收到您的寶貴意見後，我們會收藏記錄及檢討，謝謝！如您需要了解本公司最新出版書目、購書優惠或企劃活動，歡迎您上網查詢或下載相關資料：http:// www.showwe.com.tw

您購買的書名：＿＿＿＿＿＿＿＿＿＿＿＿＿＿＿＿＿＿＿＿＿＿＿＿＿

出生日期：＿＿＿＿＿年＿＿＿＿＿月＿＿＿＿＿日

學歷：□高中 (含) 以下　　□大專　　□研究所 (含) 以上

職業：□製造業　□金融業　□資訊業　□軍警　□傳播業　□自由業
　　　□服務業　□公務員　□教職　　□學生　□家管　　□其它＿＿＿＿

購書地點：□網路書店　□實體書店　□書展　□郵購　□贈閱　□其他

您從何得知本書的消息？

　□網路書店　□實體書店　□網路搜尋　□電子報　□書訊　□雜誌

　□傳播媒體　□親友推薦　□網站推薦　□部落格　□其他＿＿＿＿＿＿

您對本書的評價：(請填代號　1.非常滿意　2.滿意　3.尚可　4.再改進)

　封面設計＿＿＿　版面編排＿＿＿　內容＿＿＿　文／譯筆＿＿＿　價格＿＿＿

讀完書後您覺得：

　□很有收穫　□有收穫　□收穫不多　□沒收穫

對我們的建議：＿＿＿＿＿＿＿＿＿＿＿＿＿＿＿＿＿＿＿＿＿＿＿＿＿

＿＿＿＿＿＿＿＿＿＿＿＿＿＿＿＿＿＿＿＿＿＿＿＿＿＿＿＿＿＿＿＿

＿＿＿＿＿＿＿＿＿＿＿＿＿＿＿＿＿＿＿＿＿＿＿＿＿＿＿＿＿＿＿＿

＿＿＿＿＿＿＿＿＿＿＿＿＿＿＿＿＿＿＿＿＿＿＿＿＿＿＿＿＿＿＿＿

11466
台北市內湖區瑞光路 76 巷 65 號 1 樓

秀威資訊科技股份有限公司　　　收

BOD 數位出版事業部

....

（請沿線對折寄回，謝謝！）

姓　　名：_____　年齡：_____　性別：□女　□男

郵遞區號：□□□□□

地　　址：_____

聯絡電話：(日)_____ (夜)_____

E-mail：_____